克瓦特探案集 ⑩

复仇的巧克力蛋糕

〔德〕于尔根·班舍鲁斯 著

〔德〕拉尔夫·布茨科夫 绘

刘景姝/徐芊芊 译

汉斯约里·马丁奖

德国优秀青少年侦探故事小说奖

百花洲文艺出版社
BAIHUAZHOU LITERATURE AND ART PRESS

图书在版编目（CIP）数据

复仇的巧克力蛋糕/（德）班舍鲁斯著；（德）布茨科夫绘；刘景姝，徐芊芊译.—南昌：百花洲文艺出版社，2015.10
（克瓦特探案集）
ISBN 978-7-5500-1554-8

Ⅰ.①复… Ⅱ.①班… ②布… ③刘… ④徐… Ⅲ.①儿童文学-侦探小说-德国-现代 Ⅳ.① I516.84

中国版本图书馆 CIP 数据核字（2015）第 243723 号

© Monster, Mond und Mottenpulver Ein Fall für Kwiatkowski. Bd.19 (2009)
© Rache ist Schokotorte Ein Fall für Kwiatkowski. Bd.20 (2010)
by Arena Verlag GmbH, Würzburg, Germany.
www.arena-verlag.de
Chinese language edition arranged through HERCULES Business & Culture GmbH, Germany
Translation copyright © 2015 by shanghai 99 Culture Consulting Co.Ltd.

江西省版权局著作权合同登记号：14-2015-0224

复仇的巧克力蛋糕　克瓦特探案集⑩

〔德〕于尔根·班舍鲁斯　著　〔德〕拉尔夫·布茨科夫　绘

刘景姝　徐芊芊　译

出版人	姚雪雪
责任编辑	王丰林　郝玮刚
特约策划	尚　飞　杨　芹
封面设计	李　佳
出版发行	百花洲文艺出版社
社　　址	南昌市红谷滩新区世贸路 898 号博能中心 A 座 9 楼
邮　　编	330038
经　　销	全国新华书店
印　　刷	山东德州新华印务有限责任公司
开　　本	889mm×1194mm　1/32
印　　张	5.25
版　　次	2016 年 2 月第 1 版第 1 次印刷
字　　数	44 千字
书　　号	ISBN 978-7-5500-1554-8
定　　价	16.00 元

赣版权登字：05-2015-406
版权所有，侵权必究

目 录

克瓦特探案集

剧院怪影

刘景姝 译

　　除了我以外，我们这座城市里还活跃着

十三名私家侦探。

　　不过，那些眼戴墨镜、脚蹬旧皮靴、身穿

风衣的大叔操心的都是些诸如配偶失踪啊，发

明被盗版啊，甚至跨国诈骗这类的大案要案。

跟他们相比，我接的案子只能算是超级小的小蛋糕。

不过，也正因为这样，我到现在都保持着百分之百的破案率。这可是我的同行们梦寐以求的业绩。

你可能不知道，每个私家侦探其实都有自己的怪癖。

有人整天戴着一顶皱巴巴的侦探帽，连睡觉的时候都不摘掉；有人出门办案的时候，宁可不带武器也要叼着一根棒棒糖；还有人在工作的时候热衷于戴假发和假胡子，常常连自己也搞不清装扮成谁了。

那么，我的怪癖有二：一是，我的嘴里时时刻刻都嚼着卡本特牌口香糖；二是，不到万

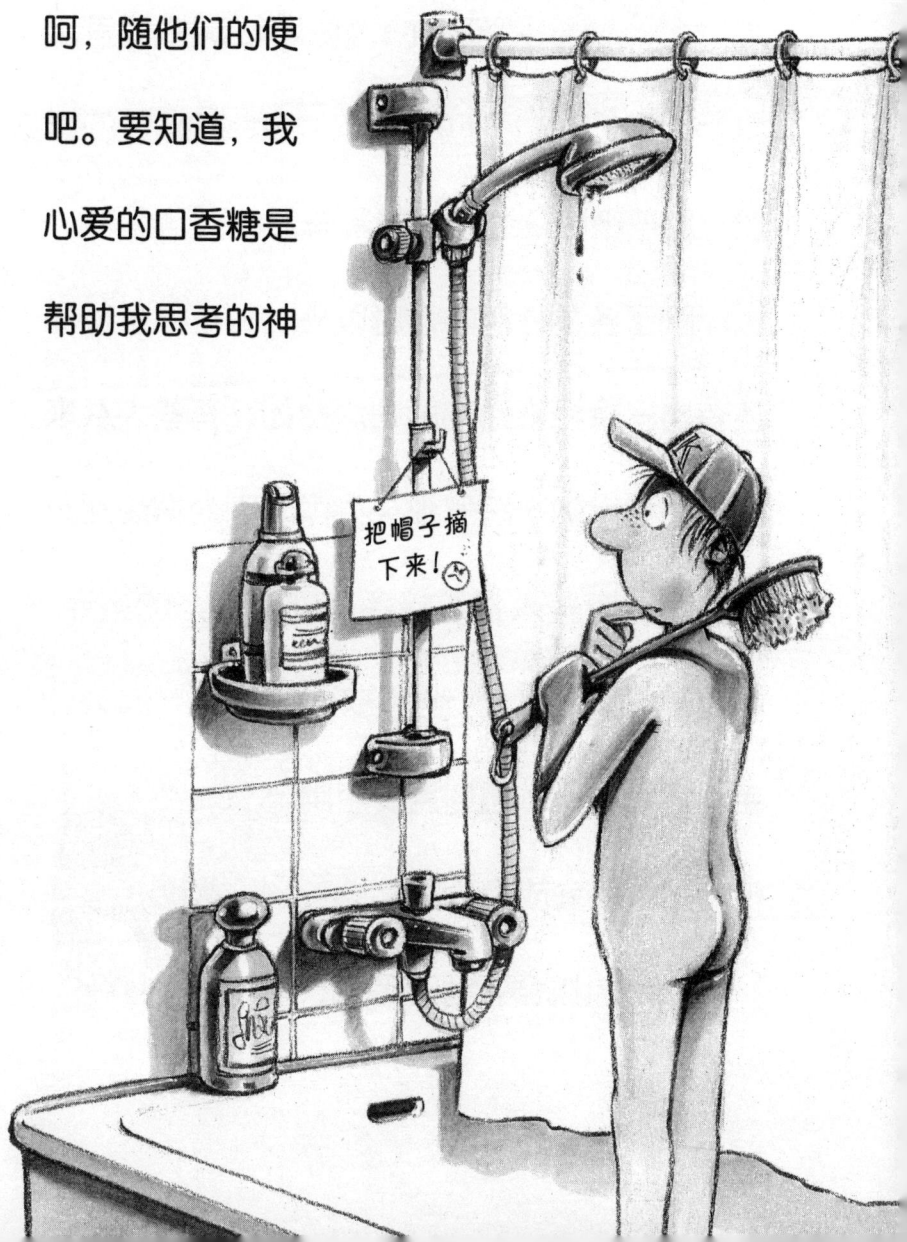

不得已（比如洗澡和理发的时候），我绝不会

摘下我的棒球帽。常常有人拿这个笑话我。呵

呵，随他们的便

吧。要知道，我

心爱的口香糖是

帮助我思考的神

把帽子摘
下来！

器。而只有戴着这顶印着大写字母"K"的棒球帽，才能使我的大脑始终保持适宜工作的温度，才能在必要的时候让脑部细胞飞速地运转起来。

除了各具特色的怪癖以外，每个私家侦探还有自己雷打不动的原则。比如，有些人从来不在每个月的十三号那天办案，因为据说那天不吉利；有些人拒绝接手有警察参与的案件，中途一旦警察介入也会立即停手；还有些人一遇到需要使用电梯的案件就会放弃查案。

我呢，也有两条基本原则：第

一，从不帮人寻找走丢的宠物；第二，从不接受老师委托的案件。不过，有时候也得具体情况具体分析。比如在上一个案件里，我就破了例……

几周前，我们学校为了庆祝建校一百年，举办了一场盛大的庆典。其中的压轴节目是话剧社从本学期开始就在排练的话剧《彩虹奇幻之旅》。这场话剧是由一年级 A 班的班主任林登老师自编自导的。

就在近一个月之前，林登老师忽然在某天午休的时候找到了我。当时，我正坐在垃圾桶旁边的矮墙上，津津有味地享用着老妈给我带的午餐呢。

老妈用萨拉米香肠、奶酪和黄瓜片堆了一个像山一样高的三明治。我得把嘴角咧开到耳朵根那里，才能费劲地咬下来一口。

　　"你就是克瓦特吧?"林登老师问我。

　　我闭着嘴点点头。老妈的一贯要求是，嘴里有东西的时候不准说话。这条规定我贯彻得

非常彻底。

"康泽尔曼老师告诉我,你是个私家侦探。"她接着说。

我再次点头表示肯定。康泽尔曼老师是我的班主任。除了缺少幽默感以外,他总的来说倒没什么大毛病。

塑料

"我想请你帮个忙。"她说。

我费劲地咽下了嘴里的最后一口面包。"这个么，我恐怕无能为力。"我把嘴角擦干净，并回答道。

"无能为力？为什么？"

"在学校里我只是学生，不是侦探。"我答道，"把这两个混为

一谈恐怕不太好。"

她微微一笑，说："康泽尔曼老师告诉我，你是一个特别聪明的小伙子。"

我一时拿不准是否该相信她说的话。要知道，我还从来没荣获过康泽尔曼老师的表扬呢，就连跟老妈谈话的时候他也没夸过我一句。哼，就算他真夸了我，我也要坚持自己的原则。

"老师委托的案件我一律不接，"我坚持道，"就算是漂亮的女老师也不行。"

林登老师又笑了笑。"好吧，我明白你的意思啦。"她说，"不过，你先听听事情的来龙去脉也没坏处吧？"

11

我瞄了一眼手表，离午休结束还有一阵子。再说，作为侦探，我也确实打心底里感到有些好奇。

"那您就讲讲吧！"我点头道。

于是，林登老师告诉我，她在排演《彩虹奇幻之旅》的时候遇到了令人费解的难题。按照剧情要求，担任主演的同学要在整场话剧进展到高潮的时候，跌落到剧院舞台下面的地下室里。可奇怪的是，接连三名同学在排练完这一幕之后就马上要求退出表演。

"是他们受伤了吗？"我好奇地问道。

她摇摇头："我们布置得很仔细，绝对安全，他们不可能受伤。"

"要不就是您的演员害怕了?"我接着推测。

林登老师再次摇摇头:"为了争着演这场掉下去的戏,那几个男孩子差点没打起来呢!"

我低头想了想:"那他们回到舞台之后是怎么说的?"

"他们就说他们不想演了。"

"没别的了?"

"没别的了。"

"他们看起来有什么不对劲的地方吗?"我追问道。

"脸色发白,"林登老师答道,"嗯,他们三个的脸色忽然都变得煞白。"

"他们真的没受伤吗?比如磕到了头之类的?"

"没有,肯定没有!我全都认真检查过了。"

一时间,我们都陷入了沉默。林登老师是一年前才到我们学校的,以前我从来没有注意过她。她留着一头漆黑的披肩长发,长着一双

14

漂亮的蓝眼睛。这时，我却觉得她似乎来者不善。也许她是个间谍，或者是个卧底的特工也说不定。

"那三个主演的同学是谁?"我想了想，继续问道。

"第一个是四年级

B 班的马特·哈特曼，

然后是三年级 A 班

的拉斯·史金德，

最后一个是你们班的
塞巴斯蒂安·布克。"

塞巴斯蒂安？那个梦想成为战斗机飞行员的男孩？上次远足的时候，有一头超大个的公牛一直跟在我们班的队伍后面，怎么也赶不走。当时只有他一点儿都没害怕。他怎么可能会害怕呢？

要是连塞巴斯蒂安都罢演了，这其中就肯定大有文章。

我正想再深入了解一些细节，上课铃却响了。

"怎么样，接不接？"林登老师问。她面带微笑，似乎我的回答早已在她的预料之中。别说，她过去说不定还真的当过特工呢。

"好，我接这个案子。"我答道。

"你的酬金怎么算？"

"按老规矩。"

林登老师挑起了眉毛，不解地看着我。

"就是五盒卡本特牌口香糖。"我解释道，"康泽尔曼老师会告诉您到哪儿去买。"

在我整个侦探生涯中，这还是头一次对自己办案的具体步骤了然于胸。

首先，我要去找马特、拉斯和塞巴斯蒂安聊聊。然后还得去调查一下剧院的地下室。最后，我准备在他们排练的时候藏在舞台下边，看看主演掉到台下之后到底会出什么事。

我敢打包票，这样一来准能真相大白。

不幸的是，老妈今天中午居然做了酸菜炖肉。这一盘灰不溜丢的糊糊实在很难让我提起胃口。幸好饭后甜点有香浓的柠檬奶昔，这才让我对老妈的厨艺恢复了一点儿信心。

"今天在学校怎么样？"老妈一边喝着意式特浓咖啡，一边问道。她从没在吃饭之前提过这个问题，也许是因为她实在不想让自己在饭前倒胃口。不得不承认，有时候我向她汇报的分数确实不太好看。

"还行。"我答道。

"你是不是又接了新案子？"她偏要刨根问底。

我点点头。"我们学校的戏剧社里出了点怪事。他们正在为校庆排练一个话剧。林登老师想让我去查查到底发生了什么事。她是这个剧的导演，你知道的。"

"那应该不会出什么危险。"老妈点头道。

"我觉得应该不会。"

"你肯定能破案。"她说着，把桌上用过的餐具收拾了起来。自从我上次把她丢失的自行车灯找回来以后，她就对我的能力心悦诚服了——当然，只是在探案这方面。

午饭后，我从电话簿上抄下了那三名主演的家庭住址。

不过，在出发去拜访他们之前，我还要顺路去见一下和我关系最铁的、年纪最大的好朋友奥尔佳，并从她的售货亭买几盒卡本特牌口香糖补充储备。

奥尔佳从柜台里拿出口香糖递给我，之后却反常地一言不发。我迫不及待地从这包完美的小东西中拿出一块，剥掉包装纸后放到嘴里嚼起来，这才开口问她。

"你怎么啦，奥尔佳？"我边嚼边问道。有了口香糖这个神秘武器，我的脑细胞顿时活跃了起来。

"我牙疼。"她哼哼唧唧地说。

"你得认真刷牙啊！"

她做了一个不屑的表情。"这我还不知道，克瓦特！我每天早、中、晚刷三次牙呢！这回是智齿在那儿捣乱，我能有什么办法啊！"

"那就只能去牙医那儿把智齿拔掉。"我建议道。

疼哟！

"我有点儿……"她欲言又止，"我有点儿害怕。"她深深地吸了一口气，才吞吞吐吐地小声说道。

"我陪你一起去怎么样？"我自告奋勇道。嘿，这位好大婶几个月前已经过了五十岁的生日，可谁能想到她还害怕牙医呢！

她摇了摇头，说："我自己去就行了。"

"也行。不过不能拖着不去啊！"我又叮嘱了一遍，刚要转身离开，脑子里忽然蹦出了一个要紧的念头。"你在剧院里有认识的人吗？"我问她。

从这个角度我才看出

来，她右边的脸颊已经明显地肿了起来，比左脸高出好大一块。可怜的奥尔佳准给疼坏了。

"我认识一个老卡尔。"她哼哼唧唧地答道，"他一直到我这儿来买开胃酒，都三十年了，每天一瓶。"

"他在剧院是干什么的？"

"好像是服装什么的。"奥尔佳答道。

我记下卡尔的名字，与奥尔佳道了别。平时她总会在我背后追着喊"拜拜，我的天使"或者"回见，亲"之类让人不寒而栗的话，但今天她疼得没法喊。对此，我高兴得简直想亲她一大口。

我在马特家的门前等了好一会儿，他才来打开大门。这家伙一副睡眼惺忪的样子，衬衫也耷拉在裤

子外边。"怎么是你啊，克瓦特？"他一脸惊讶地问。

"你之前是校庆话剧里的主演吧？"我开门见山地问。他点点头。

"那你为什么不演了呢？"我追问道。

"你干吗要问这个？"

"不干吗，随便问问。"我答道。

他撇撇嘴。"谁不知道你是克瓦特，"他说，"你才不会没事'随便问问'呢。好吧，既然你问，我就告诉你：我觉得没意思了。"

"没有别的原因？"

"没有。"

"剧院的地下室里到底出了什么事？"

马特神情一顿。"没事儿,"他随即快速回答道,"什么事儿也没出。拜拜,克瓦特。"

在去往拉斯家的路上,我的脑子就像陀螺那样飞快地转个不停。很显然,马特对我有所隐瞒。可他为什么不告诉我实情呢?他在害怕什么?难道他受到了某种威胁?或者他觉得我们在谈话的时候有人监听?途中我好几次装作无意地转身,仔细观察了身后的情况,却没发现有什么被人跟踪的迹象。走到拉斯家门前,我刚刚按响门铃,他就打开了大门。这个家伙才刚上三年级,可是个子却已经比我高出半个头了。"你有什么事吗?"他问,"我得马上去上钢琴课了。"

虽然这次我问得比较隐蔽，但还是得到了和马特一样的答案。拉斯告诉我，他就是不想演那个角色了，地下室里也没发生任何反常的事。就算不是侦探，我也能看出这两个人肯定已经事先串通好了，口径出奇地统一。没准刚才我一走，马特就给拉斯打电话了。

塞巴斯蒂安的妈妈给我开了门，然后领着我来到了她儿子的房间。他正坐在电脑前打游戏。桌上乱七八糟，堆满了作业本、裤子、衬衫，还有漫画什么的。"你也来打一局吗？"他头也不抬地问道。

"我哪有工夫啊！"我故意说，"林登老师想让我当《彩虹奇幻之旅》的主演。"

"哦。"塞巴斯蒂安趴在电脑前，心不在焉地回答着，好像根本没听见我在说什么。忽然，他从屏幕后猛地把头抬了起来。

"你已经答应了？"他问。

我摇了摇头。

"千万别答应。"

"为什么？"

"因为……"塞巴斯蒂安犹豫了片刻，随即飞快地说道，"因为那个剧本太弱智了，林登老师也特弱智，还有其他人，都特缺心眼儿。"说完，他又埋头打起了游戏。

"剧院的地下室里到底出了什么事？"我话锋一转，直奔主题。

塞巴斯蒂安猛地抬起头。"嗯……嗯……什么地下室？"他结结巴巴地说，"地下室里什么事儿也没出！"

快走到门口时，我再次转身问他："你到底在怕什么，塞巴斯蒂安？"

他的眼中闪过一丝不明的情绪。"我怕？"他恼羞成怒地吼道，"你有病吧？"

在回家的路上，我的脚步越来越沉重。谁知，走到半路，天空竟然下起了雨。我的头发很快就湿透了，黏糊糊地粘在额头上。但我完全没有在意。我敢用兜里的最后几块口香糖打赌，这件案子的谜底肯定藏在剧院的地下室里。

那天晚上，我虽然不累，却

早早地爬上了床。卡本特牌口香糖的威力虽然不可小觑（qù），一两升鲜牛奶也能帮我进行脑力激荡，但是，什么也不能比睡个好觉更有助于提高工作效率。要知道，眼前这件发生在地下室里的疑案可是把塞巴斯蒂安这么胆大的小伙子都吓倒了啊。

　　要是再早两年，我肯定会心事重重，睡不

着觉。但是现在，就算告诉我明天会有外星人

舰队来攻打地球，我也照睡不误。

第二天早上，老妈拼命地摇晃了我好几分钟，才把我叫醒。我迷迷糊糊地看了一眼手表——我居然足足睡了十二个小时！

"今天中午我得留在医院开会。"吃早饭的时候，老妈向我宣布，"我把午饭给你留在炉子上了。"

这个会开得正合我意，这样我放学后就能直接去剧院着手调查了。

"您什么时候回来？"我问。

"顶多到晚饭前。上课得好好听讲，听见了么？"

这个我哪能保证啊，不知道我正忙着更重要的事情吗？

一放学，我就马上赶到了市立剧院。大厅里的两个售票窗口都有人在卖票。其中一个窗口前排着两位老先生。

旁边的那个窗口里坐着一个化着浓妆的红头发阿姨。她一边等着观众来买票，一边慢条斯理地修着指甲。

"卡尔在吗？"我向她问道。

她把指甲钳放到一块格子手帕上，问："你找的是老卡尔吗？"

"没错，就是他。"

"等会儿啊！"她边说边拿起面前的电话，拨了一个号码。"有个小伙子要找你。"她对着电话筒说道。

"你叫什么？"她转头问我。

"克瓦特。"

"他叫克瓦特。"她又对着听筒说道。真不容易，这个阿姨居然一下子就把我名字的发音念对了！平时这种情况就像六月雪一样罕见。

"他叫你下去，"那位阿姨放下电话，转头对我说，"走左边的楼梯，之后右转，最后一个门通到地下室。卡尔在那儿等你。"

为了确保思路清晰，我先往嘴里扔了一块卡本特牌口香糖，才迈步走下楼梯。当我打开通往地下室的门时，那扇门不情不愿地发出了一声刺耳的声音。门后的走廊里，唯一的一盏灯闪着昏暗的光。一个男人正站在那里等我。

他的个头只有我这么高，头戴一顶黑色的皮贝雷帽，身上的蓝色工作服松松垮垮，几乎拖到了脚面，他的眼睛被一副大大的墨镜挡住了。

"你找我干什么？"他开口问道。出人意料的是，他的声音响亮有力，跟这个瘦小的身躯极不搭配。

"您是叫卡尔吗？"我问。

面前的男人点点头。

"我叫克瓦特，是个私人……"

"……侦探。我知道。"卡尔打断我说，"奥尔佳告诉我你的事了。"

随后，他带着我穿过了迷宫般的通道，走进了一个房间。这里摆着一张结实的桌子、两把椅子、一个小工作台和一个五斗柜。柜子上放着一台老式电话。墙上贴着几张泛黄的明星海报。老卡尔从五斗柜里拿出一小瓶开胃酒，拧开盖子，仰起脖子一饮而尽。

"那我到底能帮上你什么忙呢？"他问。

他的声音听起来怎么有点不自然？难道是我听错了？

我把林登老师告诉我的情况完整地转述给了卡尔。唉，给他讲的时候要是能看到他的眼睛就好了。

我讲完后，他马上接着说："你现在肯定想亲自到地下室里看看吧，也就是你们说的'现场'。"

"对。"

"要我带你去吗？"

"要是您有空的话。"

老卡尔首先带我来到了马特、拉斯和塞巴

斯蒂安掉进去的那个房间。房间的木制顶棚正中安着一扇能打开的活动盖板。正下方的地上堆叠着一摞（luò）厚厚的海绵床垫。

"你想试试吗？"卡尔问。我点点头。他搬来一个梯子，爬上去打开了盖板。我跟着他爬上了梯子，转眼就站到了巨大昏暗的舞台上。在观众席的角落里，一盏应急灯孤零零地闪烁着微光。

"你站这里，朝背后倒下去试试。"卡尔建议道。

"往后倒？"

"别怕。"他答道，"我保证你没事。"

我站到舞台中心那块正方形的盖板边上，深吸了一口气，随即向背后倒去。只听嘭的轻轻一声，我就舒舒服服地躺在了那堆厚厚的床垫上。

　　看来，塞巴斯蒂安和其他同学退出表演的原因，肯定不是他们害怕这个跌落的动作。恰恰相反，这样往后倒还挺刺激的。我现在总算明白，这三个家伙为什么要争着演这个角色了。

　　"没事吧?"卡尔一边问，一边关上了活动

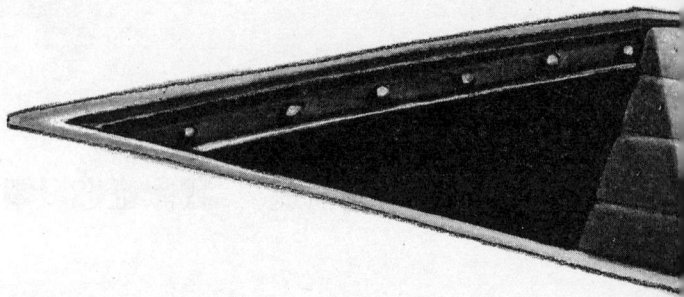

盖板。

"我没事。那么，演员是怎么回到舞台上的呢?"

卡尔向我招招手，叫我跟着他走。我们先穿过了一个服装间，房间里放满了挂着演出服的活动衣架，到处都弥漫着樟脑丸的味道。随后我们又穿过了布景师存放道具和布景的房间。这里堆放着各式各样的

布景。有整套的楼梯、仿古的门楼、纸制的巨龙，还有木制的坡道——滑板玩家到了这里准能乐得合不拢嘴。

最后我们走进了一个空荡荡的房间，这里只有墙上安着几个洗手盆和几排挂衣钩。

"这是布景工人换衣服的地方。"卡尔告诉我。

"那里面是什么地方？"我指着一扇刷着红漆的门问道，门上写着"技工室"三个字。

"嗯……呃……"卡尔挠挠后脑勺，吞吞吐吐地没有回答。

"我能进去看看吗?"

他飞快地摇了摇头。"我没有那扇门的钥匙。"说完,他立即打开地下室出口处的门,走了出去。"前面往左转就能回到舞台上了。拜拜,克瓦特,我要工作了。"他说。

我向他道了谢,临走时又问道:"他们在排演《彩虹奇幻之旅》的时候,您也在这下面吗?"

"我一直都在这儿。"

"您看见什么奇怪的东西了吗?"

他没有丝毫犹豫,果断地答道:"没,没看见。"

刚刚走出剧院,我就差点和林登老师撞了个满怀。"真巧呀!"她边说边问起了案子的调查情况。

"我这边有点儿进展了。"我答道,"您呢?您找到新演员了吗?"

"找到了,是四年级C班的马里奥·舒尔特。"

马里奥?一年前这家伙参加过一次圣诞节的喜剧演出。天知道,那天他在舞台上的表现就跟我学叠袜子一样,都是七窍只通了六窍——一窍不通。

"您没开玩笑吧?"

林登老师无奈地耸了耸肩:"其他人我全都问过了,除了他,根本没人愿意上啊!"

4

后台
旋转悬梯

第二天，如果我的预期没错，调查就要进入收尾阶段了。我藏在地下室里，目睹了马里奥两次从活动盖板上倒下，并掉进地下室的全程经过。两次他都毫发未损地落在了软绵绵的床垫上，随后回到台上继续参加表演。

不过，说他是在"表演"实在有点儿抬举他了。他一站在舞台上，全身就像不会动了似的木呆呆的，活像一个长了两条腿的保险箱。更糟糕的是，他不光老忘台词，就连记住的台词也叽里咕噜地说不清楚，就像满嘴的牙都掉光了一样。

林登老师急得又皱眉又瞪眼，看得我决定下回把老妈用的抗皱霜拿点儿给她试试。

不幸的是，这次埋伏依然一无所获。我只好请卡尔让我到地下室里又检查了一遍。

"这回怎么样?"查完之后，卡尔问道，"找着什么蛛丝马迹了吗?"

我摇摇头。

"看来神探也不能保证次次马到成功哈。"他说完，就低头继续整理手中那件红丝绒的戏服了。

我守在演员入口处，沮丧地等着排练结

束。这个案子我恐怕是破不了了——如果这真能算是一个案子的话。谁知道呢？也许马特、拉斯和塞巴斯蒂安真的就是没兴趣了呢！

等了不知多久，林登老师终于走出了剧院。"简直太糟糕了！"她绝望地叹了口气，"这出话剧看来是演不成了。"

我同情地点了点头。马里奥确实是史上最差的演员，没有之一。

我无奈地说："我也尽力了，真抱歉没能帮上您的忙。"当然，有句话我憋在心里没说出来：这可是我第一起没有告破的案子呀！

"咦，你来给我们当主演怎么样？"林登老师忽然问道，"求求你了，克瓦特！"

"您别逗了，"我坚决地拒绝道，"您就是拿八匹马来拉我，我也不上台！"

当天夜里我辗转难眠。这件案子怎么也找不到破绽，居然连口香糖和热牛奶也帮

不上忙。这可太奇怪了！我细细地思考着可能疏忽的地方，越想越觉得那扇紧闭着的红门十分可疑。我有一种直觉，觉得自己肯定曾经在剧院里看到过什么关键的东西。

每当碰到这种情况，我都会在脑海中把调查所涉及的全体人员像放电影一样回忆一遍。这次当然也不例外。

先是马特：没什么疑点；拉斯：除了个子高以外也没什么特别；塞巴斯蒂安：似乎也没问题。

再来是马里奥：实在是个糟糕的菜鸟演员，此外也没有怀疑他的理由；卡尔：似乎有点不对劲，但说不上是为什么；林登老师：怀疑谁也怀疑不到她身上啊！

剩下的就只有售票处的那个阿姨了……

想到她，我不禁有点疑惑。火红的头发，长长的指甲，连衣裙外罩了件夹克，笑容和蔼可亲，慢着……慢着……再努力想想，克瓦特！我不停地为自己打气。忽然间，我豁然开朗：对，就是她夹克上的名牌！那块牌子上写的名字是"舒尔特"！

克里斯蒂安娜·舒尔特

马里奥也姓舒尔特。售票处的那个阿姨是不是他妈妈呢？会不会是她希望自己的儿子当上主角呢？是不是卡尔帮他们一起吓走了其他几个主演的同学呢？

说时迟，那时快，我一个鲤鱼打挺从床上跳了起来，蹑（niè）手蹑脚地溜到了老妈的卧室门外。门没锁，只是轻轻地虚掩着，卧室里传出老妈轻微的鼾声。工作了一天，她真是太辛苦了。看来，闹钟不响她是肯定不会醒的。

我穿上一身黑色的外套，把万能钥匙、手电筒、牛奶和口香糖统统塞进我的大书包里，然后悄无声息地溜出了大门。我看了看表，刚刚三点过一刻钟。此时幸运的是，外边的雨刚好停了。

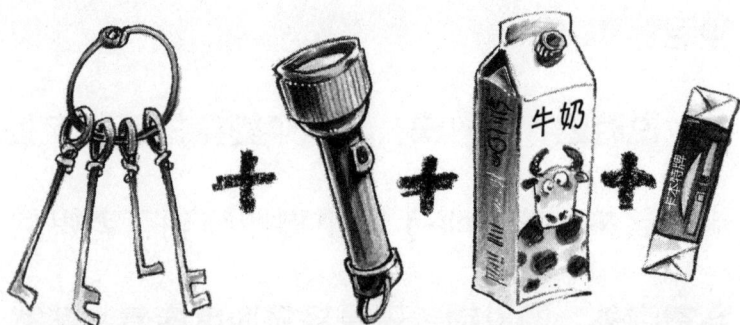

在昏黄的路灯下，市立剧院高大的建筑物活像一只趴着熟睡的大象。演员入口处亮着一点微弱的灯光。除了剧院后门的这扇铁门，其他入口全都安装了带保险栓的防盗锁。令人费解的是，他们为什么偏偏把这扇门给忘了呢？

不过，这个失误现在正巧对我有利，甚至可以说帮了我的大忙。

万能钥匙真是个神奇的东西。只要掌握一点儿技术，谁都能自己做一把，而且保证管用——当然，只能用来开老式的门锁，有了保险栓就没用了。

此时此刻我心里非常清楚，如果被抓住，那我就要顶上非法闯入的罪名。不过，特殊情况下就要采取特殊手段，这在我们这一行里是公认的法则。

刚刚试到第三把钥匙，门锁就应声而开。我悄无声息地侧身溜进了剧院，随即反手关上了大门。站定后，我才打开了手电筒。我记得眼前那道狭窄的楼梯就是通往地下室的路。我走下楼梯，进入服装间，不一会儿就来到了那个一直锁着的红色门前。

我迅速抬起手电筒，向那扇红门照了照，却无奈地发现，这扇门上安装的就是安全防盗锁。

这扇门看起来是用坚固的金属铸成的，靠我的这点劲肯定是撞不开的。不过，我可不会这么容易就放弃。我环顾四周，高兴地发现卡尔工作室的门是开着的。可惜，他的工作服兜里只有几张纸巾。我又找遍了柜子和架子，仍然一无所获。

最后，我的目光落到了一个放雪茄烟的盒子上。这个盒子摆在工作台上，旁边凌乱地堆着改锥、钳子和锉刀等工具。我打开盒盖，哇，里边装了满满一盒钥匙！

不得不承认，有时候我的工作不是像每个星期天下午的例行散步那样无聊，就是像去布娃娃博物馆参观那样乏味。但有时候，我的任务又特别惊险刺激，跟谁换工作我都不乐意。眼前的这项任务就是如此。

我兴奋地将每把钥匙依次插入防盗门，并试着转动钥匙将锁打开。一直试到第十二把钥匙时，才成功地打开了这道门。

这个房间比其他的房间都要小，墙上挂着一面巨大的镜子，地上堆着一堆衣服。我借着手电筒的光仔细地查看那堆衣服。

这一看可让我心底乐开了

花，我兴奋得简直想自己抱着自己亲上一口。

原来，堆在地上的竟然是一套妖怪的戏服！

戏服的上衣贴着那种一看就能让人恶心半

天的绿色鳞片，下身的裤子上也贴着同样的鳞片。旁边还摆着一顶能让人把整个头都钻进去的胶皮妖怪面具。这个妖怪的脸上长着长长的黄牙，眼睛看上去特别凶残，低矮的额头上还长着角。

我把戏服和面具夹在胳膊下，走出那个房间，又锁上了门。我将雪茄烟盒放回原处后，就顺着楼梯走到了出口。

天上厚重的乌云遮住了月光。我压低棒球帽的帽檐，匆匆地踏上了回家的路。

　　七点还不到，老妈就来叫我起床了。她接连往我背上拍了两条冰凉的湿毛巾，才把睡得像死猪一样的我叫醒。

　　"你看书看得太晚了。"吃早饭的时候她说。

　　"嗯。"我哼了一声。

　　"你不会是半夜偷偷跑出去了吧?"

我又应了一声"嗯"。"嗯"的含义非常丰富："对""不对""可能吧"，当然还有"能不能别问了，您很烦耶"。不管怎么说，老妈对我的回答似乎还算满意。

"你的案子办得怎么样了?"给我准备午饭的时候，老妈忽然问道。

"我今天就能结案了。"我答道。

"你有把握吗?"

"百分之百的把握。放心吧，妈。"

她疼爱地用手捋了捋我

的头发，说："一定要小心，听见了吗？"

林登老师告诉我，戏剧社的下次排练安排在今天第五、六节课的时候。我请她帮我向康泽尔曼老师请假，以便空出时间进行调查。她问我能不能把调查的情况先透露一点儿给她，这让我支支吾吾地给应付过去了。我对自己的判断其实很有信心，但事先透露消息总是不太吉利。

排演的时间到了，我目送着其他同学通过演员入口进入了剧院，而我自己从正门走了进去。

那个很可能是马里奥妈妈的阿姨就坐在售票处，有几位观众正在排队买票。我耐心地等着，趁着她俯身拿东西的时候，我就一弯腰，从她眼皮底下爬了过去，飞快地跑进了地下室。

卡尔正坐在他的工作室里悠闲地喝着咖啡。"你怎么又来了?"他问。

"今天我就能结案了。"我答道。

"要我帮忙吗?"

我摇摇头。卡尔这时候决不能横插一杠，不然我的计划就要泡汤了。

我藏在挂戏服的架子中间，飞快地换上了那身妖怪的装扮。其实我在家里就已经把上衣和裤子穿好了，现在只要套上面具就行。我把面具

往头上一套，才发现面具里充满了胶皮和樟脑丸的味道。我使劲憋着气，总算没被熏晕过去。

在往床垫那边走的路上，我在墙上的一面镜子里照了照。我的老天，这副样子还真是够瘆（shèn）人的！

我在下边等了还没五分钟，就听见舞台上传来那句关键的台词。"去死吧，你这个叛

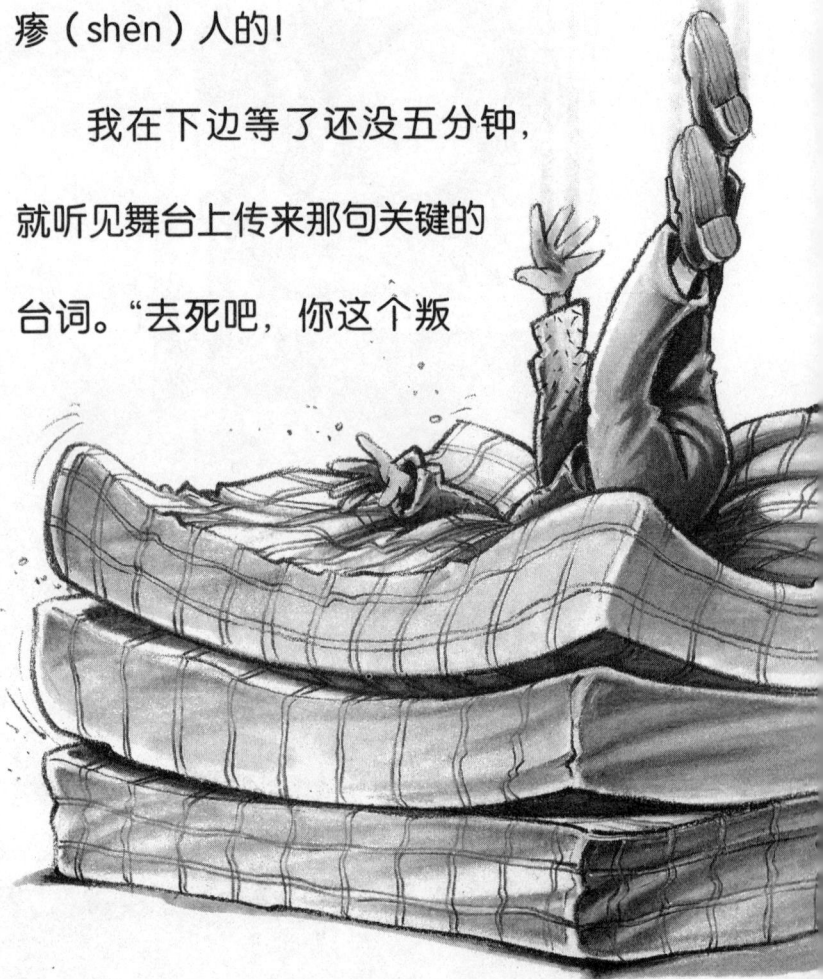

徒！"劳拉叫道。

不到一秒钟，马里奥就掉到了床垫上。不等他从那堆床垫上爬下来，我就悄悄地转到他的身后，伸手朝他的肩膀上拍了一下。

我本来以为他会大声尖叫，并立马给我当头一拳或做出其他什么受惊的举动，但马里奥根本没有表现出任何受惊的迹象。他只是不耐烦地转过身，懒洋洋地说："得啦卡尔，别闹啦！"

要不是我脸上戴着这个碍事的面具，我简直要笑出声了。马里奥此时还不知道，他这句话简直就是完美的招供。我一把拽下了头上的面具。

"怎……怎……怎么是你，克瓦特?"马里奥结结巴巴地叫道。

"没错，就是我。"我简洁地说。

"糟糕。"他嘀咕了一声。

"这是个阴谋，对吧?"我问。

他点点头。

"这事卡尔和你妈妈都有份。她就是上面卖票的那个阿姨。对吧?"

他又点点头。

"你们让卡尔假扮这个妖怪吓人，好让你得到这个角色。"

"没错！"他叫道，"可我根本就不想演这个角色！是我妈不依不饶非要我演！她非得让我当一次演员！"

这时，舞台上传来了林登老师呼唤马里奥的声音。与此同时，卡尔也觉察到了有什么不对劲，赶快跑了过来。当他看到我身穿妖怪演出服的时候，脸色唰地一下变得和马里奥一样煞白。

"现在你想怎么办？"他平静下来之后问我道，"你要去告发我们吗？"

我摇摇头。

"马里奥，到底怎么回事？"林登老师的声音再次传来，"大家都等着你呢！"

"听着，"我小声说道，"你们今天下午四点都到这儿来集合，到时候再说怎么办。"

下午我来到剧院的时候，他们两人已经在那儿等我了。他们还带了一个人，那就是马里奥的妈妈。她的脸羞得通红，不停地用纸巾擦着额头上的汗珠。

"克瓦特，你千万别去告发我们！"她紧张地叫道，"求求你了！卡尔和我会丢了工作的！马里奥在学校里也会抬不起头！"

我没有出声。

"你想要钱吗？"她接着叫道，"要么给你一整套下个演出季的戏票怎么样？"

"我想让马里奥辞掉那个角色。"我终于开口答道。

"这样就行了吗？"卡尔问。

"这样就行了。"

"那我该怎样和林登老师解释呢？"马里奥问。

"就告诉她，你觉得演这个角色太难了。"我对他说，"她会相信你的话。"

马里奥迟疑地看了他妈妈一眼，后者点了点头。我能感到她有多么难过。

"那么这个角色让谁来接着演啊？"卡尔关心地问道。

"这事就由我来解决好了。"我自信地回答。

　　众所周知，马特是全校最棒的演员。当天晚上我就给他打了一通电话，把马里奥辞演的事情告诉了他。我还告诉他，从今以后再也不用怕什么绿妖怪了。因为我抓住了它的死穴，

所以它逃之夭夭，再也不会回来了。马特并没有犹豫，第二天他就重返排练场了。

《彩虹奇幻之旅》的演出获得了巨大的成功。观众们的欢呼和掌声经久不息。马特和劳拉应大家的要求一遍遍地返场谢幕。

我坐在观众席的最后一排，看着完美的结局，心里美滋滋的。

回家的路上，马里奥追上了我。"嘿，克瓦特。"他说。

"嗯？"

"我想以后去学木工。这样就能到剧院里做搭建背景的工作了。"

"这主意不赖。"我说。

分手前，他往我的手中塞了一个小小的盒子。我打开一看，原来是五盒卡本特牌口香糖。"卡尔给你的，"马里奥告诉我，"他向你问好。"

第二天，我去奥尔佳那里取回了另外五盒口香糖。"这是林登老师给你的。"我最亲爱的朋友说完，又从柜台后面拿出两盒卡本特牌口香糖递给我。

"这是我给你的。"她解释道。

"谢了。"我说，"不过你跟剧院的事有什么关系？"

她笑了笑。"跟那个没关系。是我的牙疼好了。大夫帮我把智齿给拔了。要不是你，我肯定不会去看牙医的。"

剧院地下室里的绿妖怪疑案就这样完美落幕了。我琢磨着，以后是不是应该只接跟剧院有关系的案子呢？我从别的案子里还从来没得到过这么多的卡本特牌口香糖呢……

克瓦特探案集

复仇的巧克力蛋糕

徐芊芊 译

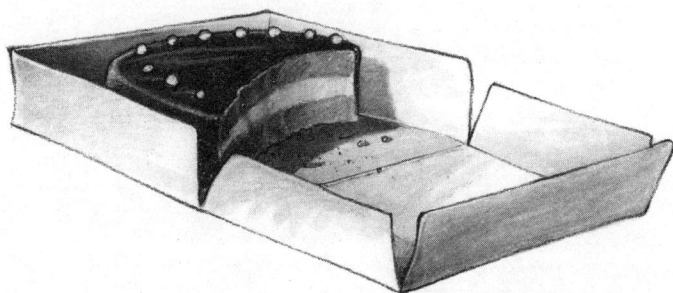

　　昨天晚上我做了一个奇怪的梦：我参加一

个盛大的聚会，身上不是我平时常穿的牛仔裤

和背心，而是笔挺的西装，篮球帽和球鞋也不

见了，取而代之的是红白条纹的领带和黑尖发

亮的皮鞋。

刚开始我不知道是在哪里举行这场聚会，但过了一会儿发现原来是在学校的大礼堂，来了很多人。我坐在第一排，直接面对着舞台。舞台上站着一支约有一百人的铜管乐队。乐手们穿着小丑服装，正起劲地演奏着《小汉斯》[①]的乐曲。随着一阵响彻礼堂的鼓声，交响乐接

_____
① 《小汉斯》：一首德国民谣，又叫《划船歌》。

近尾声。当音乐戛（jiá）然而止时，康泽尔曼先生登上了舞台。康泽尔曼先生是我的班主任，我至今不清楚他是否讨厌我。如果他真的讨厌我，那么他掩饰得很好。

此时，他正站在玻璃讲台后面，从上衣口袋里掏出几张写得密密麻麻的纸头。他把它们放在面前的讲台上，小心地抚平之后开口道："亲爱的孩子们，亲爱的家长们，尊敬的市长先生，尊敬的朋友们！很高兴大家今天来参加这一具有重要意义的聚会。我很高兴……"他停顿了一会儿，并兴奋地翻动了一下他的讲稿，"嗯，嗬，我很荣幸地宣布我们的学校更名为'克瓦特学校'。"

这让梦中的我着实大吃一惊，与此同时，整个大礼堂猛地开始旋转，比任何旋转木马转得都要快，惊得我大叫一声醒了过来。过了好一会儿，我的脉搏才平静下来，我又重新睡过去。

小读者们不要误以为我整天喜欢这样胡思乱想。"克瓦特学校"——说句真心话，我从来没有这种奢望。但是，这个奇怪的梦应该和我的上个案子有关。一个跟名字有关的案子，至少在案子开头的时候是这样。

几个星期前我的班上来了一个新同学，他

叫温德林·布什。叫温德林

这个名字已经够倒霉了，还

恰巧姓布什，这就倒霉到家

了。位于温德林·布什路的

温德林·布什小学的一名叫

温德林·布什的学生，自然成了被所有人取笑

的对象。

要是温德林的足球踢得不

错，或者长得强壮些，也没人敢

放肆——可他偏偏是个胖胖的小

个子，还戴着一副眼镜。尽管他

是我所认识的人中最优秀的一个，但是他的优

秀在一开始可帮不了他什么忙。

我们班原来有 25 名学生，温德林来了后就变成了 26 名。

当他第一天和康泽尔曼先生一起走进教室时，其他人立刻哧哧地笑起来。

我不想伤害温德林，真的不想！但是他的打扮：方格纹裤子，绿色的球鞋，还有——那双屎般颜色的夹克衫和波点领结真的要让人喷饭。还好他的眼镜上蒙了一层雾气，要不然他看到的是 25 张龇（zī）牙咧嘴的脸。

"我给你们带来了一位新同学，"康泽尔曼先生说，"他叫温德林·布什，来自……"

没有人听见他是从哪里转来的，班主任的

声音早已被一阵哄堂大笑淹没。

等我们的笑声终于停止后，康泽尔曼先生才继续说："你们对新同学应该友好。温德林，如果你愿意，现在可以向你的新同学们问好。"

只听一个又尖又细的声音轻轻地说："你们好。"

于是教室里又爆发出一阵大笑。康泽尔曼先生无奈地摇着头把温德林领到了他的座位上——就在汉内斯的旁边。

可是，汉内斯立刻把他的椅子从温德林的旁边移开了。虽然他只是移了一点点，但从这一刻起，他俩之间鸿沟的深度将超过大西洋最深的海沟。

其实，我应该很快发现这其中有什么不对劲的地方——而且，这种不对劲不仅仅存在于汉内斯和温德林之间。我毕竟不是一个普通的学生，我还是一名私家侦探。

但是我什么也没察觉到。这也许是因为我不太关心我们班级里的事情。在学校里，我只

想太太平平，特别是碰到需要补觉的那些日子。因为侦探们经常要晚上行动，如果早上七点就得起床的话，那么学校就是唯一可以补上

$$4 \cdot 6 : \square + 4 - 3 = 4$$
$$2 \cdot \square : 3 + 6 - 7 = 3$$
$$5 \cdot \square : 3 + 5 - 2 = 1$$
$$6 \cdot 2 : 1 + 10 - 8 = \square$$

一觉的地方了。

温德林虽然聪明异常，但是他从来不让我们察觉这一点。

他在黑板上解出所有人都做不出的题，却没有一点卖弄的意思；如果有人向他求教，他就会像天使一样充满耐心。

这是我们学校的位置！

粉笔

我相信，我们班里肯定有喜欢温德林的同学，但他们不敢表示出来，或者也可能是有人从中作梗。只是不管什么原因，我觉得自己没理由去干涉这些，我的身份只是私家侦探。

温德林过生日的时候，邀请了全班同学和他一起庆祝。

邀请信上写着："……我邀请你参加我十岁的生日聚会，请带着你的好心情和你的好胃口一起来。"下面是温德林的签名，旁边画了一个红色的气球。

我们知道他住在一幢带有巨大花园的别墅里。他妈妈让人搭起一个可以覆盖整个花园

的大帐篷，并摆上了冰淇淋华夫蛋

筒、巧克力蛋糕、巨型铁板烘烤的

自助比萨饼以及海量的可可饮料。

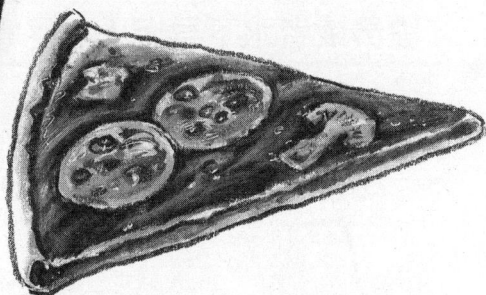

我们一个个都毫不客气

地大吃起来，好像一个星期

没吃过饭似的。刚开始的时

候一切都顺利。

塞巴斯蒂安甚至坐到温德林身旁，问他有什么业余爱好。我当时坐在他们附近的一张桌子旁，如果我没有听错的话，温德林说他喜欢摆弄显微镜，还喜欢制作蝴蝶标本。我知道塞巴斯蒂安对这些不感兴趣，他想成为战斗机驾驶员或者水下寻宝人。尽管如此，他仍努力倾听温德林的讲述。

不知什么时候，温德林的妈妈说了句："我们现在玩游戏吧！"

"太好了！"汉内斯叫道，并把最后一块巧克力蛋糕塞进了嘴里，"温德林，你的计算机在哪里？"

温德林的母亲微笑道："不，我们玩真正的游戏。"

汉内斯和他的朋友们已经不止搞砸过一个生日聚会了。我应该事先给温德林的妈妈提个醒，但是我没有，也许是我那天吃得太多了⋯⋯哎！反正说不清。

于是不幸的事发生了。

在蒙着眼睛玩敲锅游戏时，汉内斯踩坏了两棵蔷薇灌木，捣烂了两个陶瓷盘，还差点敲碎温德林妈妈的膝盖骨。

在套袋赛跑的游戏中，安吉丽娜掉进了池

塘，并害死了一条非常漂亮的金鱼。

在玩惩罚游戏时，凯输得只剩下短裤，最后连短裤也被人脱了。

在玩换鞋游戏时，大部分的鞋都被扔进了邻居家的花园，还有几只挂在了树上，远远看去像一个个烂梨。

总之一句话，简直就是一场灾难。

温德林装作不在乎的样子，但他妈妈终于忍不住了。她把我们全都赶了出来。她的心情我可以理解。

在我们去公交车站的路上，汉内斯说了句："真过瘾。"

“太过瘾了。”安吉丽娜接着说道。她的 T 恤衫和牛仔裤到现在还是湿淋淋的。

“这个小不点尽可以再邀请我们。”迈克龇牙咧嘴地笑道。

“有的玩就开心。”凯说。

我沉默不语。我们真是辜负了温德林还有他妈妈的一番好意。

测验 **2**

27 个错误

——————

=4 分 ①

我在学校里还没有被人欺负过——如果不

算康泽尔曼先生时不时给我的那些 4 分的话。

不过我当然知道，并非所有人都像我一样幸

运。有一次，三年级 A 班的两个男孩把一年级

——————————
① 德国小学考试记分制为 1 至 6 分，1 分为优，2 分为良，3 分为中，4 分
  为及格，5 分为不及格，6 分为差。

的一个学生打得爬不起来，结果把警察都招来了。还有一次，二年级的一个女孩被人偷了外套和帽子。除此之外，温德林·布什路的温德林·布什小学还算比较太平，太平得都有些无聊了。

多亏了奥尔佳，她让我发现我们班里确实有些不对劲。那天，我又想买我最喜爱的卡本特牌口香糖，并且盘算着如何让奥尔佳请我喝一瓶柠檬汽水。

奥尔佳的小店此时正是忙碌的高峰时间。我排了 15 分钟的队才轮到。"有没有什么可以不

用花钱的?"我问道。

我那最亲爱的,也是我年纪最大的铁杆好朋友正用一块巨大的花格子手巾擦拭额头上的汗水。我敢打赌,那块手巾原本肯定是一块桌布。

"香烟明天就要涨价了,"她喘着气说,"他们这是要买够 100 年的存货啊!很多人一口气买了 20 条,真是疯了。你想要什么,我的甜心?"

"首先我不是你的甜心,"我说,"其次我想要一包卡本特牌口香糖。"

"好吧。"她把一包口香糖放到了柜台上,并在旁边放了一瓶柠檬汽水,"这两样都算我

请客。"我真是未卜先知啊，可惜我从不接算

命的活儿。

当我把一片卡本特塞进嘴里时，我的脑子

立刻冷静下来，思路也变得清晰无比。此时我

的脑袋就像一台超级计算机，只要一收到指

令，就能立马转动起来。

“你正在破一个新案子？”等我喝完汽水后，奥尔佳问道。

我摇摇头。剧院怪影案结束已经有一个月，是该有新案子出现了。

“也许我能给你找一个。”奥尔佳说。

她告诉我，最近有一个新的常客，每周到她这里买两次古巴雪茄。以奥尔佳的性格，她很快就跟他聊上了。原来他是最近才搬到我们这个区的。

“他和他的妻子以及儿子住在伊丽莎白医院附近的一幢别墅里。”她说。

“啊哈，”我漫不经心地回应她，“他为什

么需要侦探？他的雪茄烟被偷了？"

"他有个儿子。"她接着说。

"有儿子的人多了。"

"'我儿子最近不太好，'这个爸爸说，"奥尔佳接着讲，"'他不爱说话，整天总是躲在自己的房间里，根本不愿出门。从前他可是个开朗的孩子。'"奥尔佳有模有样地学着那位爸爸。

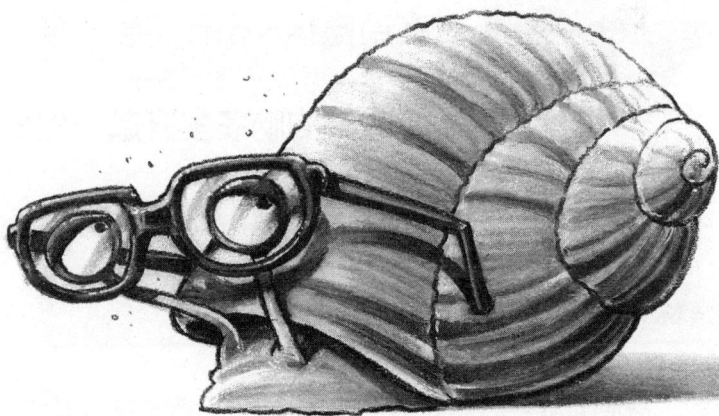

"这用不上侦探，"我说，"应该找心理……心理……"

"心理医生，"奥尔佳帮我说了出来，"我的客人也是这么说的。可我跟他说，我认识一个人也许可以帮上忙，他可以查查这个可怜的孩子足不出门的原因。"

"那个男孩上学吗？"

"嗯，他爸爸告诉我他在温德林·布什小学上学。"我的脑子里升起一丝疑虑。"那个男孩是不是叫温德林？"我问。

"你也成占卜师了，克瓦特？"奥尔佳叫道。

我咧嘴笑了笑。

"他爸爸还说了什么?"我问。

"没有了!"奥尔佳又递给我

一瓶柠檬汽水。看来她最近的生

意真不错。我觉得香烟应该更频繁地提

价。"怎么样,克瓦特?你想接手这个案子吗?"

"不太愿意。"我答道。

"为什么?"

"我想温德林不需要侦探。别人时常爱拿

他开玩笑,而且,在他生日那天又出了点状

况,除此以外并没有什么。他最好立即去看心

理医生。"

我不知道为什么温德林的事对奥尔佳来说

这么重要，她怎么这么上心？难道她有点爱上温德林的爸爸了？

"如果你能搞清楚温德林·布什到底出了什么事，我愿意给你十小包卡本特牌口香糖。"她说。

她转过身，从储物箱里取来三包放在我面前的柜台上："这是预支的，好让你的脑子立刻动起来。"

我把口香糖放进我那侦探背心十七个口袋中的一个。在十包口香糖的诱惑面前，我真是难以说"不"。

"你赢了，奥尔佳。"我说。

听到这句话，奥尔佳眉开眼笑，并递给我一张纸条："这是温德林爸爸的手机号码。他说你可以随时

给他打电话，不管是白天还是夜晚。他真是个和蔼的人。"

0167-774969390

由于明天我们有听写测验，所以我还得再复习一下。上次测验我得了 4 分，康泽尔曼先生说我这样下去肯定不行。可是我有什么办法？！

当我坐在书桌旁啃铅笔的时候，温德林的脸老是从我的脑子里蹦出来。

大小写的拼写规则就是进不去我的脑子里。

这男孩虽然有点古怪，可他并没有妨碍到任何人。既然如此，谁又有理由去欺负他呢？

我走到冰箱旁，给自己倒了杯牛奶，然后躺到了床上。

我一边喝着牛奶，一

我的牛奶储备

边将温德林生日那天所发生的事，完完整整地在脑子里过了一遍。

原本在游戏开始前一切都挺顺利，但汉内斯、凯和迈克把整个生日会搅得一团乱。此外，还有谁参与其中？

等我把一片新的卡本特塞入牙齿间时才想起，这个小团伙中的第四个人是安吉丽娜。安吉丽娜是我们班里脾气最火爆的人。

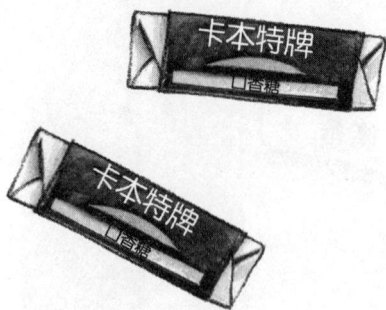

如果他们的捣乱并不仅仅是在生日会上？如果他们四人从一开始就盯上了温德林，想要作弄他呢？

如果就是他们在挑动更多人去作弄温德林呢?

难道真是他们令温德林不敢出门的吗?

3 请来 中国花园

这次听写测验让我感觉很好，我妈要是知道肯定会很高兴，说不定为了奖励我，今天晚上还会有比萨吃，或者带我去"中国花园"吃饭。

等测验本交上去后，我对温德林说："我想和你谈谈。"此时正好是课间休息的时候。

等我把他拉到垃圾集装箱后的矮墙边时，他问我："什么事？"

从一年级开始，这里就是我钟爱的老地方。我决定和他开门见山地谈谈。"你和汉内斯他们一伙是否相处得不好？"我问道。

他犹豫了一会儿，说："没有。"

"你觉得那天在你生日会上发生的事情正常吗？"

"不正常。"

"我觉得也是。之后他们四人是否还做过类似的事？"我继续问道。

他欲言又止。

"没有。"终于，他吐出这两个字，声音轻得像蚊子，连看都不敢看我一眼。

"真的吗?"

"真的。"

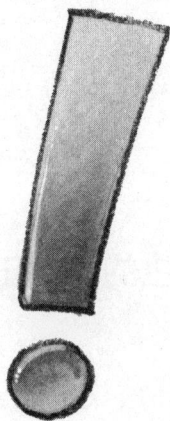

"好吧，温德林。"我说，"我可以理解，你不想告诉我，更不想在这个地方和我多聊。因为所有人都知道我是个侦探。"

我故意停顿了一下，想给温德林一个说话的机会。

但是这孩子还是沉默不语。于是我把一张

写着我电话号码的纸条塞到他手里。

"如果你有什么想说的，就给我打电话。"
我说。

温德林把纸条塞进裤兜里，然后没说一个
字，也没看我一眼，转身就走了。

他的背影刚消失，汉内斯、凯、迈克和安吉丽娜就向我靠拢过来。他们一言不发地把我围在当中，一个劲地盯着我看，直到我把手里的奶酪面包吃完。尽管我心里有那么一丝发毛，但我仍努力装出平静的样子，继续咀嚼。侦探在任何时候都不能显露出胆怯，反正《私家侦探基本守则》第 4 条就是这么说的。

"那个小矮子想让你干什么?"最后汉内斯终于打破了沉默。

"没什么。"

"他让你帮他?"

我没有答话。

"那个小矮子是想让你帮他吗?"安吉丽娜

又问了一遍。

"你们想知道这个干吗？"我反问道。我的卡莱·布鲁姆奎斯特啊，他们真够蠢的！这不是招供了吗——还是自觉自愿的！

"就想问问。"安吉丽娜咕哝道。

又是一阵沉默。"真是这样的吗？"我最后问道。

迈克向我靠近了一步："由我们保护那个小矮子。你不要捣乱，听见吗？否则我们会收拾你的！"

"好的，头儿。"我回答道。

这天上午，我们一口气上完六节课才放

学。放学铃声终于响起时，我等其他人都走后，才最后一个离开了教室。我妈妈昨天上的是晚班，所以我不用准时按点回家吃中饭。

在回家的路上，我看到温德林正站在市里最大的一家书店的橱窗前。但是他并没有看橱窗里的书，他好像

正把巨大的橱窗玻璃当作镜子来观察他身后的街道。我捕捉他的目光——立刻也发现了他们：汉内斯、凯、迈克和安吉丽娜正站在一个小吃亭前，并时不时地朝着温德林的方向狞笑。看来这四个人确实盯上了温德林，对此我已经毫不怀疑。

看来奥尔佳的直觉是对的，必须要有侦探介入了。

我现在该怎么办呢？是把温德林送回家吗？如果那样的话，肯定会引起这四个人的警惕。难道要等到他们出手揍他的时候，

或者有更糟糕的情况发生时才出现吗？还是用我的新手机把这一切拍下来给康泽尔曼先生看呢？或者通知警察？

温德林当然知道，汉内斯和其他几个人正等待着机会向他发起挑衅（xìn）。他选择在书店门前停下来，说明他这个人有多机灵！

首先，他可以通过书店的橱窗好好地观察那四人；其次，如果他们一起过街朝他奔过来，他就可以立即躲进书店里。在书店里，他们不能把他怎么样，但他总得回家，那时就没有人可以帮他了。

我从背心口袋里掏出最后一片卡本特牌口香糖。在我的舌头还没有品味到那难以抗拒的味道之前，我已经知道该怎么办了。

我躲到一辆卡车后面，用手机拨通了温德林爸爸的电话号码。对方立刻接起了电话。

"我是克瓦特。"我说。

"温德林出什么事了吗?"他问道。

"您可以开车来接他吗?"我又问他,"最好能马上过来。"

"当然,"他回答,"他躲在哪里了?"

"他在朗格书店前。您知道朗格书店在哪里吗?"

"知道。"

"请不要告诉温德林,我打过电话给您,"我说,"我晚些时候还会上你们那儿去。"

吃过中饭，我骑上自行车去了温德林家。

他妈妈给我打开门，并把我领到温德林的
房间。温德林躺在床上，正在读一本百科全

书。我看见书脊上有几个字："冷杉百科"。我
心想，这可真是冷僻的百科书。

"我知道你会来的。"他咕哝道。

我没有接话。

"要不然我爸爸怎么会找到书店来。"他继
续说。

聪明孩子，我在心里赞许地说道。

"我没有什么可以告诉你的。"他断然地拒绝了我。

"我明白，温德林。"我坐到书桌旁的椅子上，现在从这个角度，我看清了那本百科全书的完整书名：《大英百科全书：冷杉百科》。好高深的书啊！

"汉内斯、凯、迈克和安吉丽娜盯上了你，"我开始说，"你心里其实害怕的是，如果你再不采取行动，事情会

朝更糟的方向发展。我说得

没错吧？"

温德林合上了他的百科

全书。

"如果是那样，又该怎么办？"他的声音轻

得像蚊子。

"我们要想办法阻止汉内斯和他的同伙。"

"怎么做呢？"

"嗯，呀……"我有些含糊起来，"我们可

以比如……比如……"

"你看，"温德林打断我，"你也

没辙（zhé）。"

我没有气馁，继续说："不管怎样，

131

我们要采取行动，你懂吗?！不然，那四个人以后就会称霸整个班级！"

我在脑子里迅速地把这几年办过的案子全过了一遍。我已经不是第一次和霸权作斗争了，如果能巧用计谋，总是可以找到获胜的机会。

我把椅子向床边挪了挪。

"我们想个办法，把汉内斯和他的同伙引入一个圈套。"我说。

"具体怎么操作呢?"温德林问道。

我从他的话音里第一次感到他提起了兴致。

"我们需要选择合适的地点和正确的诱饵。"我说。

他点点头:"克瓦特,你对这个城市比我熟悉。"此时,他的脸上突然出现了一丝笑容,并笑着说,"他们喜欢吃的。"

"什么?"

"在我的生日会上,他们四人吃得比其他人都多。"

"你还记得他们最喜欢吃什么吗?"我想知道。

他又笑了。"巧克力蛋糕。"他告诉我，"他们吃了好几斤的巧克力蛋糕。"

这回我也笑了。这个案子变得有趣起来。"有辙了。"我说。

"地点呢？"温德林问道。

"我已经有主意了。"我回答说。

温德林拥有一辆超酷的自行车，有 24 个速度挡。但他的体力太差了，当我们骑了半小时到达那个老工厂时，他已经累得上气不接下气了。在他下车时，我必须扶住他的自行车，不然他就得和那辆酷车一起翻倒在地。而我骑的是我的

老荷兰车，跟他一起，我的车速得比平时慢很多。

等我们把自行车停靠在老工厂已经人去楼空的管理大楼下后，我对温德林说："跟我来。"

"去哪里？"他喘着气问。

"带你去看那个布陷阱的地方。"

我曾经在老工厂里制服过一个霸王，准确地说，一个带着四个跟班的男孩。

等我把选中的地方指给温德林看后，他问我："你觉得能成功吗？"

我耸耸肩："我们必须试试。不然你有更好的主意？"

等我们到了奥尔佳那里，天色已经暗下来了。她正坐在柜台后，一边喝着咖啡，一边专心地织着毛衣。

一个小时后她的小店就要关门了。

"一包香烟。"我说道。

她抬起头看见是我，笑了。"克瓦特，你还太小，不可以抽烟。另外，我的香烟也卖完了。"她说，"想喝柠檬汽水吗？"

我点点头。"这是温德林。"我把我的伙伴介绍给她。

奥尔佳向他伸出手去。"你爸爸人真不错。"

她说，"你也想喝柠檬汽水吗？"

"好的，谢谢。"

等奥尔佳把两杯装得满满的柠檬汽水放到柜台上后，我对她说："你不是很喜欢烤蛋糕吗？"

"喜欢？"奥尔佳叫道，"简直是欲罢不能！"

"你明天给我们烤一个巧克力蛋糕，好吗？"

"什么？"

"一个巧克力蛋糕。"我又说了一遍。

"重量级的，能吃到饱的那种，至少够八

个人的量。"

　　"重量级的……八……八个人的量……"

139

"只有四个人,"温德林凑到我的耳根,悄

声说,"汉内斯、凯、迈克和安吉丽娜。"

"我知道。"我低声回复他。这时候奥尔

佳也回过神来,问我:"这和你的新案子有

关吗?"

我点点头。

奥尔佳向我们伸出手，和我们击掌为约，先和温德林，然后和我。"也算我一份，"她说，"你们什么时候来拿蛋糕？"

"放学以后。"我回答道。

"你们什么时候可以告诉我，你们要这个蛋糕派什么用场？"她继续问道，"我好奇得不得了。"

"等案子结束以后。"每次奥尔佳提出这种问题时，我都这样回答她，但她还是每次都要问。

"再见，我的两个甜心，"她在我们身后喊道，"替我问

候你爸爸，温德林！听见了吗?"

温德林不解地看着我。我怀疑奥尔佳爱上他爸爸的事，应该告诉他吗? 这个念头一闪而过，马上就被我否决。也许这小伙子不喜欢拿这种事开玩笑，要是这样令他放弃我们在老工厂的计划的话，就太可惜了……

500米 老工厂

第二天，我们一放学就去了奥尔佳那里。她让我们进了她的小店，骄傲地给我们看她烤好的蛋糕。那是我见到过的最大的蛋糕。

它是奥尔佳用了大约六磅奶油、三十个鸡蛋和两公斤的全脂牛奶巧克力做成的。"够吗？"她骄傲地问道。

我亲了她一下，感谢她的巨大贡献。

当然只是亲脸颊。

"太好了，奥尔佳！"

"你们想用蛋糕做什么？"她还是想知道。

我把手指抵在嘴唇上："回头再告诉你，我保证，奥尔佳。"

去老工厂的路让我们花了比平时多一倍的时间，毕竟我们两个人只骑了温德林的那一辆车。

我把住方向盘并踩脚踏板，他则坐在后座上，抱着装了蛋糕的盒子。还好，我们没有碰到巡逻的警察，转弯处的路面也没有污水或油迹，不然我们就得停下来推行。

　　到了工厂以后，在空旷的仓库里，我们从蛋糕盒中取出了蛋糕，并把它放到地上。然后，我把我的手机递给温德林，还有一张写着汉内斯、凯、迈克和安吉丽娜的电话号码的纸条。

　　他拨通了安吉丽娜的电话，对她说，"我有东西送给你们。"

......

"在老工厂。"

......

"我等着你们。"

......

"在仓库。"

......

"行了！她说她会通知其他人。"温德林把手机还给我，并对我说。

"你可真冷静。"对此，我钦佩极了。

"因为有你在。"他回答。

半个小时候后，那四个人骑着自行车冲进了工厂。他们好像对这里很熟，毫不犹豫就径直朝仓库走去。

等他们中的最后一个人踏入仓库后，我们飞快地从生锈的垃圾集装箱后的藏身处奔出，跑向仓库的大门，迅速关上重重的铁门，并用我们昨天在路上找到的那块厚厚的橡木板把门抵住。

接着，我们通过一把摇摇晃晃的梯子爬到了房顶，那里有一个可以打开的天窗。

我们刚爬到天窗旁边不久，就听见下面的人在踢仓库门。一声咆哮传来："温德林，我们饶不了你！"见我们没有回应，下面的声音又变得缓和起来，并夹带着求饶的语气："放我们出去吧，你不会有事的，刚才都是跟你开玩笑呢！"

我打开天窗，只须稍稍倾斜身体就可以看到汉内斯和他的同伙们正不停地捶打着大门。但有了那块厚橡木板，大门纹丝不动。

"你们出不去的！"我叫道。

听到这句话，四个人僵住了，并不约而同地朝上看。

"克瓦特！"安吉丽娜叫道，"我早该想到，你真是个……"

"你们看到那个巧克力蛋糕了吗?"我打断

她说。

"当然!"迈克吼起来。

"你们把它吃了!"我喊道,"要一点渣子

都不剩!这样我才可以放你们出去。"

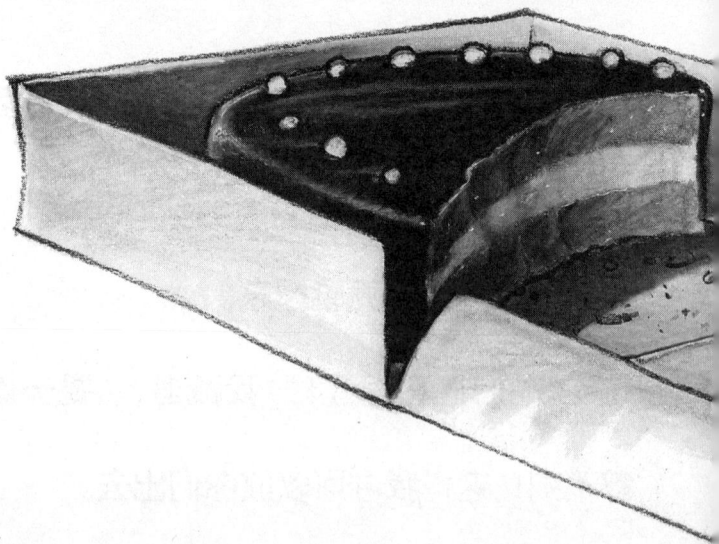

　　下面爆发出一阵大笑，我听到他们说"没问题"。温德林碰碰我，他咧嘴笑了。我还从来没有看到过他咧嘴笑的样子。

　　他们四个人当然吃不完。这个巨无霸蛋糕至少能让十个孩子吃撑。等我们一个小时后从天窗往下看时，蛋糕才被消灭了一半。迈克瘫坐在一个角落里，脸色惨白地揉着肚子直

喘气。

安吉丽娜也好不到哪里去，汉内斯和凯蹲在剩下的那一半蛋糕旁，闭着眼睛费力地咀嚼着，手上和脸上都糊满了巧克力。

"你们怎么回事？"我向下喊道，"难道吃不完吗？"

"让我们出去！"安吉丽娜喘着气说。

"我难受得不得了!"汉内斯说。

"我的肚子要爆了!"凯刚叹完一口气,就打出了一连串的响嗝,震得天花板上的石灰都掉下来了。

我把天窗拉开到最大,让他们可以看到我。"你们想回家吗?"我喊道。

"是的!快把那该死的门打开!"安吉丽娜喘着气说。

"好的,但是要先答应我一个条件,"我继续说,"你们得发誓,从此以后再也不会打扰温德林,同意吗?"

"我们发誓!"四个人异口同声地说,像合唱一般,"从今往后再也不了!"

154

我们从屋顶上爬下来，给他们打开了门。

汉内斯、安吉丽娜、凯和迈克依次从仓库里走

出来，一句话也没有，蹒跚地朝他们的自行车

走去。就在他们要离开时，汉内斯突然跑到垃

圾集装箱后面，不一会儿就听到一阵不太美妙

的声音传来。

等四个人消失后，我对温德林说："你不用再怕他们了。"

"你确信吗？"

"非常确信。"

"谢谢你，克瓦特。"

"之前他们都对你做了什么？"我问。

"他们跟我要钱。"

"你给了他们多少？"

"很多。"他回答道。

"为什么？"

温德林迟疑了一会儿，才吞吞吐吐地说："他们说，如果我不给他们钱，他们就会到我家来像上次生日会那样捣乱，而且会更过分。"

当我们离开工厂时，我心里在想，这已经不是孩子之间的恃（shì）强凌弱了，温德林遭到了勒索，这是毫无疑问的。

《私家侦探基本守则》是怎么说来着？——"不要害怕犯错，有时候一个错误的怀疑反而会引出正确的答案。"

当我们给奥尔佳讲了在仓库里发生的一切

时，她笑得前仰后合。我们坐在她小店里的板

条箱上，吃着带回来的半个巧克力蛋糕，刚吃

了那么一小块，肚子就胀得不得了。而汉内

斯、迈克、凯和安吉丽娜居然吃掉了整整半

个！他们吃成那副惨样就一点也不奇怪了。

"给你。"奥尔佳把两小包东西塞到我的手里。其中一包是她许诺给我的、剩下的七包卡本特牌口香糖，另一包是不少于十二张的"显镜电影院"的免费电影票。我知道本市所有的电影院，但"显镜电影院"我还从来没有听说过。

"我爸爸和他的一个合伙人下星期要开一家侦探片影院，"温德林解释说，"就叫'显镜'。"

"侦探片影院？太好了！"我叫道。

"喂，克瓦特，"奥尔佳温柔地对我说，

"带我一起去好吗？"

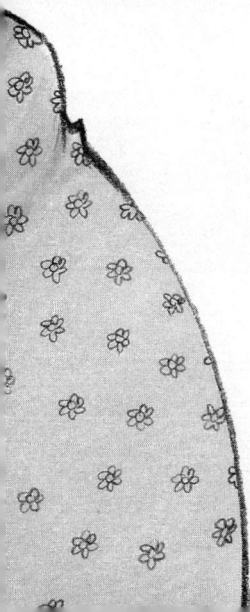

161